句集

川根夫婦滝

諸田宏陽子

文學の森

句集　川根夫婦滝　目次

カバー写真　著者
装丁　宿南　勇

句集

川根夫婦滝《かわねめおとだき》

新年

認知症にならぬ願掛け初詣

筆不精と言うてをられぬ去年今年

父在らば作り直さる注連飾

分家より劣る門松建ててあり

時どきは猿の真似して猿廻し

軽トラは洗ふを止める去年今年

腰痛の治らず年を越しにけり

春

うかれ猫通行止めの橋を来る

飼ひ主の通夜とは知らずうかれ猫

花売りの車に蝶々乗りたがる

執拗にじゃれては仔猫反抗期

御節介やきの目盗み菊手入

人刺して巣を取られたるすずめ蜂

蜂に鼻刺されて犬が咽びをり

茶摘女を口説き訪問販売婦

認知症にならぬ努力や山笑ふ

啓蟄や今日から矮鶏の放し飼ひ

涙して話す男や花粉症

晩年の耳へやさしき初音かな

忘れ物取りに戻れば囀る

柿の苗米寿記念に植ゑにけり

柿の苗植ゑて年齢聞かれけり

春めくと畑に増えて土龍道

春めくや地下足袋履きて老農夫

ガソリンの値上げ表示や冴え返る

選漏れに名句のありて山笑ふ

歯の権利入れ歯に奪《と》られ山笑ふ

取り返しつかぬ一と言山笑ふ

捨て畑に咲きてたんぽぽ嬉しさう

逃げること先に覚えて巣立ち鳥

猫好きが仔猫を連れて婿に入る

父の忌を忘れ蛙の目借どき

放棄山へ勢ひ付きて藤咲けり

女子には見せず猫の仔捨てにけり

初音聞き言伝てせるを忘れけり

夕暮れや散水すれば蛙鳴き

過疎村や生え抜きばかり製茶師に

昨日植ゑし薯を鴉に掘られけり

国債の増える新聞山笑ふ

楢山に芽吹き促す風の音

無住寺に囀り聞いて帰りけり

晩年は囀り生き生き聞こえけり

噴霧機の試し運転水温む

猫の手も借りたき季節蛇の出る

春動き種苗カタログ届きけり

夏

過疎村に野鳥の殖えて五月かな

目まとひに喝を入れたる寺の犬

夜振り火の前に出て犬叱らるる

増血剤頼る身なれど蚊に刺さる

我を刺しＯ型の蚊になりにけり

蛇を追ふ癖の治らぬ米寿かな

蛇嫌ひが蛇来て止める山仕事

陶蛙に鳴いてみせたる雨蛙

子に貰ふ酒の旨さや父の日に

「旨いな」と酒に話して夕端居

紫陽花を褒め過ぎて法螺吹かれけり

兜虫にだまされてゐる反抗期

雨蛙筧の漏れに来て鳴けり

麦秋やねずみを捕らぬ猫を飼ひ

托卵を終へたら啼くな閑古鳥

人知れず隠れ川根の夫婦滝

蝮捕り蝮注意の山に入る

髭面を良く見てゐたる羽抜鶏

飼ひ主の禿見て啼けり羽抜鶏

人刺して命を失くす藪蚊かな

水喧嘩の先祖を偲び田を捨てる

知りつくす道に先立つ道をしへ

蛍飛ぶ昔の儘の村外れ

蛍夜となりて賑はふ過疎の村

吊橋の下を急ぎて恋蛍

時鳥今日も昨日の木で鳴けり

端居して見ゆるは父の遺産山

飼ひ主を離れぬ猫や夕端居

蜥蜴捕ることを興味の猫を飼ふ

独り来て山路歩けば蛇に遭ふ

昼酒を酌み老鶯に鳴かれけり

朝市や野菜の蔭になめくぢら

体臭を移して脱ぐや汗のシャツ

蝮殖ゆ不在地主の捨て山に

鴉追ふことも仕事や枇杷実る

吊橋の灼くる手摺を握りけり

手際よく生え抜き老人蝮捕る

杖を突く吾れに驚き青大将

蛇嫌ひ先頭譲る山の道

蛇句ばかり詠みしは実は蛇嫌ひ

友の嘘蛍袋へ隠しけり

秋

近道を覚えし猿や柿の秋

すんなりと掘りしは小さき山の芋

かぐや姫出たと冗談竹を伐る

あの案山子いつも雀を寄せてゐる

女着の案山子を作り髭を書く

軽トラの駐車違反へ憤猛る

蟷螂を翔ばさむと尻突きけり

芋虫の怒り首振りしか知らず

親方を下にしてをる松手入

猪肉を呉れて猟夫が法螺を吹く

彼岸花まだら咲きせる竹林に

おやぢには無理だと息子牛蒡引く

時どきは尻餅ついて牛蒡掘る

安保法制敷かるや松は色変へず

栗拾ひ終れば猿と縁切れに

納税を忘れてをれば小鳥来る

農継ぎて七十余年小鳥来る

少子化の村に応へて小鳥来る

目の検診済みて帰れば小鳥来る

御節介やきに話し紛らす松手入

露座仏を打ちたる木の実拾ひけり

穴まどひ駿府の濠を泳ぎ切る

馬追と一つ灯りの中にゐる

晩年は歯に負担無き芋が良し

食欲の猫にも見えて秋に入る

下校児の玩具にされし曳き鳴子

惚け初めに任せてありぬ鳴子引き

雁来ると水位を上げて浮御堂

複雑な人の世松は色変へず

山影の届く畑や菜を引きぬ

老人に任せられたる芋茎干し

どの家にも芋茎干されて過疎の村

鳶一羽色なき風に泳ぎけり

世話好きの婆は今亡し蕎麦の花

彼岸花仰山抱へ認知症

愚知話聞かせられをる夜長かな

逝くことを夢に見てゐる夜長かな

ダム挟み鹿の啼き合ふ夕べかな

胡桃割る力自慢の米寿かな

栗落つや昔ながらの音をして

八人の家族は過去や衣被

吾が住ひ鵙の縄張り中なりし

町長賞受ける案山子のコンクール

冬

窮屈な人の世の中山眠る

老人の休憩長し大根引

爺よりも婆が働く大根引

我が山も猪狩り場所になりにけり

山小屋の朽ちて狸の塒かな

日向ぼこのお連れは何時も認知症

ときどきは雲の邪魔せる日向ぼこ

人知れず見に行く杣のいたち罠

極月や眼科の医師と睨めつこ

売れる当て無きも檜の枝を打つ

猥談の顔ぶれ揃ひ道焚火

眠る山祓ふトンネル起工式

冬眠に遅れし熊の撃たれけり

不猟日の漢つんつんして帰る

犬に罪着せて不猟を話しけり

精力剤犬に飲ませて猟始む

親よりも法螺を上手に猟夫の子

猪狩りに鴉おどけて村に来る

屑みかんおまけに呉れし直売所

消費税値切るみかんの仲買夫

茶の畠放棄してあり笹子鳴く

笹鳴きや山を背にせる無人駅

吊橋を渡れば駿河片時雨

注連綯へば頼まぬ猫が手を出して

ちよつかい出す猫に隠れて注連作り

笹鳴きや世界遺産の富士晴れて

句集　川根夫婦滝　畢

あとがき

句集名は集中の、

人 知 れ ず 隠 れ 川 根 の 夫 婦 滝

から採った。川根の夫婦滝とは、川根本町の大井川支流に流れる落差十メートルの二条の滝である。以前は滝へ通ずる道もなく、高い山々に囲まれて、一般の人々には全く知られていない滝であった。この滝の周辺の山は我が家の所有地であったことも一つの要因となっていた。

平成二十二年秋、滝の流れる渓谷下流の県道近くに軽食店が開業するという話を聞き、私は自費で滝の見えるところまで遊歩道を造り、一般に公開した。県道の脇には滝の案内板を建てて行楽者に呼びかけたところ、予想以上の反響があったことに驚きを感じている。近くには大井川を跨ぐ二二〇メートルの吊橋もあり、春から秋にかけての行楽シーズンには、各地から訪れる車の駐車場所にも困っていたところであった。

私は大正末期の生れである。二十一歳から俳句を詠みはじめて、「火焔」「小鹿」の各結社の主宰から指導を受け、現在は青柳志解樹主宰の「山暦」に所属している。今回、これまでの五千余句の中から一五〇句を選出し、句集上梓に至った。

刊行に際しては「文學の森」の皆様に大変お世話になったこと、厚く御礼申し上げる。

平成二十八年三月

諸田宏陽子

著者略歴

諸田宏陽子（もろた・こうようし）　本名　廣彦

大正15年８月17日生れ
昭和21年　「火焔」入会、荒井赤城夫氏に師事
昭和53年　「小鹿」入会、高橋沐石氏に師事
平成３年　「山暦」入会、青柳志解樹氏に師事
平成９年　「山暦」同人
平成11年　俳人協会会員、第１句集『山村水郭』出版
平成18年　第２句集『山暮し』出版

現住所　〒428‐0315
　　　　静岡県榛原郡川根本町久野脇253

句集

川《かわ》根《ね》夫婦《めおと》滝《だき》

発　行　平成二十八年五月八日
著　者　諸田宏陽子
発行者　大山基利
発行所　株式会社　文學の森
〒一六九-〇〇七五
東京都新宿区高田馬場二-一-二 田島ビル八階
tel 03-5292-9188　fax 03-5292-9199
e-mail　mori@bungak.com
ホームページ http://www.bungak.com
印刷・製本　竹田　登

ISBN978-4-86438-536-7　C0092